KB145944

사랑마실

김남용 시인

1972. 진도 임회 탑리 출생
1999. 지용신인문학상 당선
진주신문 가을문예 시 당선
수주문학상 대상
2001. 『시의 유서』 (제1시집)
2022. 『사랑마실』 (제2시집)

김남용 창작시집

사랑마실

초판 인쇄일 2023년 1월 15일
초판 발행일 2023년 1월 15일

펴낸곳 I 도서출판 그림책
펴낸이 I 장문정
지은이 I 김남용
디자인 I 이정순 / 정해경
주 소 I 경기도 수원시 영통구 이의동 웰빙타운로 70
전 화 I 070-4105-8439
E - mail I khbang21@naver.com
표지디자인 I 토마토

김남용 시인 제2시집

씀인사

첫 시집 『시의 유서』를 2001년 9월에 내놓고
더 이상 시를 쓰지 않기로 했다.
그런데 20여 년이 지난 후,
컴퓨터 파일을 뒤져보니
낙서와 같은 메모들이 여기저기 흩어져 있었다.

詩라는 건,
나만 쓰고 알아듣는 방언과 같다고 생각했다.
그래서 내게 씨부리는 말을 굳이
다른 이들에게 들려 줄 필요가 있을까 싶었다.

'어라, 나 사투리가 맞어.'

이십대 청춘기를 지나면서
관념의 언어는 가장 신비롭게 빛나는 보석이었고
내 시의 전부였다.
그러나 정작 내가 쓰는 언어는 싸구려였고,
정신은 거리와 아스팔트, 퀴퀴한 골목을 떠돌았다.
'2부-2005 서울'에서는
도시의 산지기로 살았던 시간들을 갈무리했다.

시편을 정리하면서
2006년 이후에 쓴(혹은 시를 빙자한) 시들이
수십 편이나 된다는 사실에 나도 놀랐다.
진도에 내려와서도
푸념하는 버릇은 못 버렸나 보다.
계륵 같은 것들을
어디 패대기쳐놓았는지 다 찾지는 못했을 거다.
관념팔이, 이런 걸 또 세상에 내놓아야 하나……
자조하면서도 '1부-2022 진도'에 수거해놓았다.

원고를 다 정리하고
갑작스런 '출간의 변'을 쓰는 지금도,
고백하자면, 일기를 보여주는 것만큼이나
여럽고 그저 그렇다.
이러다 진짜 또 끝장 내겠다 정신줄 놓으면 어쩌나
무섬증이 들기도 한다.
몸 부대끼며 쓰지 않았으니,
평론하지 말라는 이야기다^^*

김남용 시인 제2시집

사랑마실

1부 2022 진도

2부
2006 서울

– 1981년 탑리 감푸미 집에서

사랑마실

1부

2022

진도

사랑마실

나뿌닥만 보아도
참말로
마음 주고픈
내 님
쩌짝에 있다믄

오늘은
님에게 마실 가려네.

끄니는 잊어불고
그냥 사랑만
허천나게 하고 잡네.

* '사랑마실'은 진도 지산면 오류동의 옛 이름이다. 지금은 마을어귀에 '사랑마실'이라는 식당이 그 이름을 간직하고 있다.

고둥 줍는 사람

썰물을 따라 어구들이 떠나버린 탑리(塔里)
바닷가는 고둥 천지다.
고둥은 바위틈에서 일가를 이루거나
제 집 위에 갯바위를 짊어지고 있다.
고둥은 숨어 있는 게 아니다.
이곳이 바다와 육지의 경계가 된 뒤부터
고둥은 제 삶터를 지키고 있는 것이다.

세대를 거슬러 조상이 그랬던 것처럼
나도 누군가가 뒤집어 보았을 바위들을 들추며
비릿하고 짭조름한 시간을 줍는다.

떠나간 어구들은
지금쯤 어디에 붙박여 살아가고 있을까?

어스름 밀물이 밀려든다.
패각 속에 스며든 시간만큼만 주워 담으면 그만.

어구들이 다시 돌아오지 않을지라도
다음 물때가 되면 어김없이 고둥은
썰물과 밀물의 경계를 뒤덮고 있을 테니까.

나새꽃

돈이 사방에 널렸어야
내가 놀것냐, 시방
마을회관에 가믄
남사시러서 못 있것드라.

눈보라 치는 설날 아침
쇠무릇 여인,
비닐 지대 허리에 두르고
밭두렁 논두렁
삶이 되어 넘나든다.

벌써 낼모레 읍장이어야,
봄이 오기 전에 캐야제
갖고 가기만 하믄
있는 대로 다 사가는데.

사방천지 꽃 피어도
나새꽃 좋다는 사람 없제,

꽃 피면 못 써,
나새는.

* 나새 : 냉이

바다다방

하루치의 햇살이 썰물처럼 빠져나가고
노을을 따라 쓸려가던 바람은
십일시 장터를 지나
폐선처럼 뒷골목에 눌러앉은 다방으로 스며든다
자수정, 행운, 길 그리고 올해는 바다
주인이 바뀔 때마다 간판도 새로 내걸리지만
창문을 대신해 걸려 있는 유화 한 점
그 검푸른 포구의 풍경 속에 슬어 있는
어부의 눈빛은 여전히 반짝이고 있다
다방아가씨가 배달을 마치고 돌아오자
발기된 시선들이 떼를 지어 갈매기 소리를 낸다

"오봉아, 좋은 것 있으면 내놔 봐라."

천장을 맴돌던 담배연기는 출구를 찾지 못하고
실없는 농담을 주고받는
사내들의 부레 속으로 빨려 들어간다
온몸 구석구석 미늘을 감춘 아가씨
어로를 시작한다, 분노 없는 웃음이 홍거시다
바다가 논이 되었고, 논은 초원이 되었다
그림 같은 집을 지을 땅이 남아돌아
누군가의 부덤이 되었나
대파값이 금값이었다는 그 해

어선을 빌려탄 뒤 실종되었다는 그 녀석도
한때는 홍거시를 사랑했었다, 미친 놈!

다방을 빠져나온 바람은
간척지 논두렁을 걷는다
수로 사이에 패인 깊숙한 수렁에서 복어냄새가 난다

* 십일시 : 전남 진도군 임회면 십일시리. 농지로 간척이 되기 전 십일시리 일대까지 바다였다.

* 홍거시 : 홍색을 띠는 갯지렁이.

봄날, 진눈깨비

며칠째 내리던 비가 오늘은 눈으로 바뀝니다.
꽃피다 만 차가운 눈비
칼바람에 흩날리고 있습니다.
이제 막 여린 눈을 내민 풀꽃들이 부들부들 떨고 있습니다.
창문 너머 후박나무도
겨우내 푸르던 잎을 떨구며
우우우 울음을 웁니다.

신고식일까요?
깨어난다는 것,
항상 아픔이 따르나 봅니다.
이 세상에는 저절로 이루어지는 것은 없습니다.
시간이 지나면 치유된다는 것들도
알고 보면 무관심이라는
다른 모습의 고통 속에 잠들어 있을 뿐입니다.
시간은 그냥 지나가지 않습니다.
우리가 껍질을 벗는 날까지
시간은 우리의 영혼을 만들어갑니다.
해마다 반복되는 꽃샘추위도
영혼을 만들기 위한 재료인 셈입니다.

시간의 호흡을 느낄 수 있다는 것,
비로소 나의 영혼이 깨어나고 있습니다.

그러나 너무 이릅니다.
그것이 자연의 순환임을 알면서도
오랜 환절기를 앓으며 이 봄을 기다려 왔지 않나요?
풀씨를 닮은 당신……

여귀산 석곡

가슴 얹힌 날 여귀산에 오른다네
즈믄 골짜기
동백수(冬柏水)에 목을 적시다
옛 봉수대에 서면
삭아버린 심지 꺼내 불을 토하고 싶네

바다 울던 날, 그 여자
돌부리에 서서 제 속을 태워냈을 거라네

답신을 얻지 못한 연기
풍장을 바랐을까

허물어진 돌무더기에서
석곡(石斛)이 피어오르고 있었네

여귀산 풍란

여귀산 벼랑에 앉은 풍란(風蘭)
나비를 닮은 흰 꽃
구자도 바라보며 흔들리고 있네

소금바람 불어오면
내일은 어느 절벽으로 날아갈까
오늘 붙은 바위도
허방이라 하네

바구에 뿌리 내리지 않을 거라면
당신 함부로,
그 향기 취하지 말라 하네

오랜만

살다 보면,
오랜만이라며 말 걸고 싶은 사람들이 있지

서먹한 건
그리 중요하지 않아
우리에게 주어진 시간이란
봄날의 눈꽃처럼
나도 모르는 사이
아스라이 사라지고 마는 것

하나 둘 지워져가는
수첩 속의 절친들
그리고 나를 기억하지 않을 그 사람

더 늦기 전에
먼저 건네 보고 싶은 그 말

오랜만……

갑계갑질론

호랑이띠 갑계에 축하 공연하러 가서 보니,
도무지 이 사람들이 동갑내기 맞나 싶더라.
오십팔세 형님 누나들,
그 사이에 청바지도 보이고 연예인도 보이고
얼굴에 나이는 숨겼어도 인생은 보이더라.
이마에 온통 주름 문신을 한
우리 동네 형님도 구석탱이에 앉아있었다.
어딜 봐도 갑이어서 처음 만나서도
욕지꺼리를 섞어 인사 나눴지만,
오늘은 표정들이 채석장 돌무더기다.
동살풀이 장구장단에 북춤놀이 신명을 내는데도
얼굴 명함을 쉬 내려놓지 못하는
갑계 선배님들아,
아따, 멋지게 추임새 날려 보시라고,
갑들 앞에서 제대로 갑질 한 번 해 보시라고!

거리의 분재원에서

거리에 줄지어 전시된
앉은뱅이 분재들
기형적인 언어를 사랑한
어느 연금술사의 장난인가

철사를 칭칭 감은 소나무
비틀린 몸통 아래
'관능'이라는 이름표를 달고 있다

고고한 척,
너는 누구를 기다리는가

뿌리 내리지 못하는 섬놈
흡사, 날개 잃은 새

무엇을 위해 너는 살아가는가

흔들리는 솔잎 사이
덜 아문 송진 툭, 불거진다.

고쳐 쓰지 못한 기억들

'언제 꼭 술 한 잔 하자'던
모월 모일자 고향 후배와 약속은
그가 급성 위암으로 세상을 떠나는 순간,

내일이면 싱싱한 농어회를 맛 볼 수 있다던
모월 모일자 김 선장의 전화는
그날 밤 그의 배가 태풍에 전복되는 순간,

'언제인가 희망은 소나기처럼 올 거다'
라던 모월 모일자 나의 일기는
고쳐 쓰여지지 않은 오보였다

초등학교 졸업앨범 증명사진과
소년시대 기록들을 오려내버린 뒤부터
나는 일기를 쓰지 않았다
아픔을 담은 기억들은
영원히 살아남아 나를 증거할 것이기에.

귀향

여귀산은 나를 낳아 주었네
남오미자의 비릿한 즙이 흘러내리는
젖무덤 사이
잠길 듯 말 듯 떠 있는 섬처럼
나는 수줍은 소년이었네

수평선을 넘나드는 화물선에
소년을 태워 보내던 날
나는 도망치듯 섬을 떠나고 말았네

그러나 사랑할 수 없는 것들을
사랑해야 했던 늪지의 나날
거친 파도에게 배운 헤엄도
늪에서는 절망의 몸짓이었네

아, 여귀산은 나를 잊지 않았네
탯줄 묻힌 골짜기
동백꽃 피어나고
동박새 날아와 내게 속삭이네
늘 제자리에서 피었다 지고
향기 없이 붉은 이 꽃송이들이
잡목 우거진 숲에서
한숨짓는 너보다 덜 아팠겠냐고.

그 바다가 좁거나 넓다 한다

정박 중인 포구에서
출어를 포기한 채
구멍 난 그물만 깁고 있는 어부들은
손바닥만한 그 바다가 좁다 한다

섬과 섬 사이
다리 놓여도
섬이라 불려야 하는 섬사람들은
아직도 그 바다가 넓다 한다

좁거나 넓은 그 바다
기나긴 강물마저
드넓은 하늘마저 삼키는 그 바다
깊거나 얕은 나의 바다

그 섬에는

섬을 찾아 떠났지
내가 섬인 줄 모르고

섬을 떠나 보았지
내가 섬인 줄 알고도

허공을 떠다니는
그 섬
들키지 않는 곳에
나의 바다.

그냥 산

산에 들려거든
다 벗어놓고 가자

산에 오르려거든
다 부려놓고 가자

산을 보려거든
눈을 감고 가자

산을 들으려면
답을 듣지 말자

산은
그냥, 멍청이
바보들의 해방구.

꽃눈들의 일광욕

꽃눈들이 일광욕을 하네요.
오늘은 벌어 되어
수술과 암술 사이에서
꿀단지를 찾아보렵니다.
연지 꽃가루가 나의 목젖을 간지럽히네요.
살다보면 아무리 물을 마셔도
목이 마른 날이 있답니다.
그런 때는 식물로 귀화해
저 뿌리 깊은 곳에 물관을 꽂아
쉼없이 빨아먹고 싶습니다.
하지만 그가 먼저 나를 깨우기 전에는
애써 눈치채지 않겠습니다.
오래 전 무뎌진 감각들이
봄날, 나도 모르게
되살아날 수 있으니까요.

나도 이젠 안경을 쓰고 싶다

어느덧 안경잡이가 된 친구들은 불평이다 산에 오를 때는 길이 흐려지고 포장마차에서 따끈한 국물을 안주 삼아 술을 마실 때는 술잔이 흐려지고 새벽 거리에서 택시를 잡을 때는 아무 차에나 손을 흔들며 따불을 외쳐야 한단다 적금이라도 깨서 라식수술을 받아야겠다는 친구는 유리알을 닦으며 끄떡없는 나의 눈을 부러워한다 타고난 복이야, 복!

하지만 나도 이젠 안경을 쓰고 싶다

아이를 찾는 전단 위에 밤새 애완견을 찾는 전단이 붙은 그 전봇대를 보지 않았을 거고 도심의 전광판에 실시간으로 올라오는 오늘의 간추린 뉴스를 읽지 않아도 될 거니까 난간에서 추락한 사내의 마지막 표정을 목격하지 않았을 거고 산에 올라 별 대신 도시의 십자가를 세지 않아도 좋을 테니까

비오는 날, 차창 밖으로 보이는
그 아늑한 흐릿함을 함께 누리고픈,
안경 쓴 친구들이여!

내려서야 보이는 것

산을 오르는 순간부터
산은 나를 내려서고 있네

오른다고 말하지만
높은 산,
길 끝에서 만나는 건
나의 걸음 재촉하는 하산길

숨가쁘게 오른 저 봉우리를 정상이라 말하지만
정작 그곳에 오르면
저 아래 지평선도 하늘에 걸려 있네

발치에 내려다보이는 나무들과 들풀,
그리고 흔들림 없는 바위들은 말하네
편히 머물 수 있는 곳이
바로 내가 찾는 산이 아니겠냐고.

스스로 벼랑을 만드는 나에게
사람들은 저 산이 가파르고 위험하다고 말하지만
와불처럼 지그시 눈 감고 있는
너는 영원히 오르지 않을 山,

눈을 감아야 들리는 노래

눈을 감으면
마음 깊이 고여 있던 노래들이 되살아나
아른아른 춤을 춰요.
그대 앞에서
아프다 말할 수 없어요.
슬프다 눈물 흘릴 수 없어요.
내 작은 서글픔은
눈을 감아야
속삭이듯 들려오니까요.

눈을 감으면
이 세상 말로는 표현할 수 없는
빛깔과 몸짓으로
그대가 다가와요.
그대 앞에서
미안하다 말할 수 없어요.
보고싶다 눈물 흘릴 수 없어요.
내 작은 그리움은
눈을 감아야
사무치듯 물결치니까요.

*

아픔을 가진 사람들은 눈빛만 봐도
그 아픔의 크기를 짐작할 수 있다.
팽목항에 가면 반갑게 맞아주는 유가족들이 그렇고
평생 불운을 달고 사는 분들이 그렇다.
그들 앞에서는 함부로 울 수 없고
사는 게 힘들다고 투덜댈 수도 없다.
나보다 아픔의 무게가 더 무거운 사람들을 보며
어쩌면 나는 위안을 받는지도 모른다.
아침마다 저녁마다 반복되는 사고 소식을 보고 들으며
사람들은 혀를 차면서도
한편으로는 위안을 받는지 모른다.
무탈하게 살아있는 거,
그 자체를 감사하게 받아들이라는 메시지들이다.

하지만 양심이라는 건
끊임 없이 나를 반성케 하고
나보다 아픈 자들을 어루만지며 함께 아픔을 나누고 싶게 만든다.
그게 나에게 주어진 오늘 하루를 보람있게
살아가는 방법이다.
혼자서 숨을 쉰다고 사는 건 아니기에.
오늘 조금 더 사랑하고, 조금만 더 힘들게 살자.
그리고 잠자리에 누워 눈을 감으면
노래 소리가 들리고
어느새 나는 그 소리를 따라 부르며
내가 누울 별자리를 세고 있을 거다.

다시 겨울산행

그가 실종되었다.
고공을 가르며 사진을 찍던 그는
2021년 12월 30일 오후 4시 21분 18초
마지막 로그를 끝으로 사라져버렸다.

그의 마지막 활강 지점
34.370037, 126.150492를
나흘 동안 수색했다.

그가 추락했을 거라 추정되는 산비탈엔
비석 없는 무덤들을 뚫고 나온 사스레피가
푸른 봉분을 만들고 있었다.

겨울산은 훤히 맨살을 드러낸 듯 보였지만,
위장술이었다.
바람이 낙엽을 덥고,
낙엽은 시간을 덮고 있었다.

누군가에게는 오르막이 되고
또 누군가에는 내리막 길이 되었을
산길을 걷다 돌아보면,
나의 발자국마저 보이지 않았다.

그곳에 가면
그의 흔적이라도 찾을 수 있을 거라는
믿음은, 겨울산의 환영이었다.
길은 구조신호가 닿지 않는
더 깊은 산 속으로 걸어가고 있었다.

담쟁이

거친 바람 불어도 흔들림 없던
아버지 높고 너른 등
고사리손으로 타고 오르던 날들은
그 너머 세상이 궁금했지
꼿발 들고 목을 빼도 보이지 않던
미지의 날들이었지

소년은 수직으로 오르고 오르다
성장을 멈추고,
메마른 덩굴손은 금이 간 담벼락에 웅크리고 있어
아, 이제 알겠네,
그 담이 왜 그토록 높아보였는가를,
타고 오르라 어깨 기울이던
아버지 아득한 눈빛에 스민 이야기를.

독살

바다가 빠져나간 자리에
피어나는 저것은 돌꽃
고기들의 안식을 유혹하는
사내의 어장이었다
그는 어부의 후예였지만
아버지를 집어삼킨 파도를 두려워했다
어부들이 깊은 바다로 나가
억센 고기를 잡아오는 모습을 바라보며
사내는 돌담을 쌓았다
밀물이면 바다에 잠겨 있던 담은
썰물에 그물이 되었고
그는 미처 파도를 따라가지 못한
잡어들만 수습했다

어느 날부터 그 바다에서
사내가 보이지 않았다
독살에 걸려 소금꽃이 핀 사체로
발견되었다는 소문만 무성했다

그 돌무덤으로는 여전히
잡어만 드나들고 있었다.

* 독살 : 개펄에 돌을 쌓아 만든 어살. 자연이 주는 만큼만 잡을 수 있도록 만든 돌그물.

동백 씻김

봄비 내리는 날
동백이 몸을 씻어내고 있네.

젖은 꽃가루
희허연 종아리 타고
발목 아래로 흘러내리고

후두둑, 비바람에
붉은 입술들,
꽃비 되어 떨어지네.

꽃 진 자리에
매달리는 것은
덜 식은 기억뿐.

동백 아래
꽃무더기,
어느새 내 마음
포개어 누워 있네.

목재소 환상곡

이제 누군가의 향기로운 관이 되려는 것일까
봄을 기다리며 환상통을 앓던 소나무
재단기 위에 올라
굴곡의 무늬를 펴며 반듯이 드러눕는다

강철 톱날이
종과 속의 굴레에 짓눌렸던 나이테를 가르고
가슴 깊이 묻어둔 옹이들을 절개한다

한 그루 수직으로 섰던 날의 기억을 재생해 본다
생채기처럼 떨어져 나가는 살점들은
화목(火木)이 되어 다시 뜨거워질 거다

예리하게 날선 현(絃)의 칼날,
소나무의 기억들을 수평으로 재단한다
차례를 기다리던 나는
목관악기처럼 휘, 휘, 숨을 불어낸다.

바람은 왜 상처를 부르는가

창문이 운다.
아귀가 맞지 않아 벌어진 틈 사이로 바람의 파편이 파고든다.
흔들리는 것은 창문만이 아니다.
이런 날은 모서리만 남은 기억들이
마음의 살갗을 후벼 판다.
울음을 잊은 것들은 제 몸을 흔들고 있다.
오래 전부터 비어 있는 폐가 위에
느슨하게 얽혀 있는 통신 케이블과
곧 철거될 일본식 건물 앞에 문지기처럼 서 있는 고목도
흔들리고 있다.
나는 바람에 흔들리고 있지만,
나를 흔들어대는 것은 바람이 아니다.
바람은 빌미.
상처로라도 간직하고 싶은 덧난 시간들
아물지 않게, 잊히지 않게
바람은 유리조각처럼 내 기억 속에 꽂힌다.

밥 짓는 법

산정에서 밥 지으니
밥풀떼기들 날아간다
제 아무리 밥짓기 고수여도
뜸들이는 건
기술보다 신이시여다.

사람과 사람 사이
돌조각 하나 무게 이겨낼
틈이 없으면,
아무리 찰진 언어를 섞어도
설익는 건 매한가지.

보리피리

돌아누운 여자의 등
너머에서 하늘거리는 청보리밭

파리한 보릿결
밟아주고 싶어

맨발로 올라설 때마다
연두빛 피리소리

봄날 산행

봄산,
물오른 가시나들 지천이다.
길섶에 들어선
나의 소년은 벌거숭이.

오름을 허락한
길마저도 수줍어 있는지
나의 발자국
자꾸만

아
지
랑
이

미끈!

봄날,
내려설 길 없다.

봄날, 불꽃에는 배후가 있다

동쪽 하늘에 불이 붙었다
거대한 불꽃, 산으로 옮겨붙는다
순간, 두려움보다
깊이를 알 수 없는 아름다움에
심장이 반응을 한다

검게 타버린 숲,
수십 년이 걸려서야 제 모습을 찾는다는
어느 생태론자의 경고가 되풀이되지만,
봄을 기다리는 사람들
언제 저 불꽃처럼
뜨겁게 타올랐던 적이라도 있었던가

불이 지나간 자리,
원시적 욕망이 되살아나는 해방구

라일락 꽃비를 마지막으로
봄은 싱겁게 가버린 줄 알았는데,
건조주의보 내린 내 가슴
부싯돌 숨겨져 있었나 보다

돌아오는 길
방화일 가능성을 배제할 수 없다는
라디오 뉴스, 끈다

불꽃은 흐른다

불꽃 하나 피어오른다
상처 아물지 않은 오랜 친구들만
새벽을 응시하며
하나 둘 모여들던 그 광장으로,
흩어지다 모이다 저마다
때로는 같이 섞이다, 흘러갈 줄 안다
위로만 타오르다
제 몸을 다 녹여내어 솟구치던 불꽃도
마침내 올라선 광장에서는
흘러간다, 함께 흐르자 한다

불꽃이 주먹을 쥐며
젖은 두 눈에 볼온을 지핀다
어이, 너희 무리,
누구를 위한 순결인가!

분노는 심지를 적시고
젖은 불꽃은
마침내 광장으로, 들불로 흐른다.

불놀이는 끝났다

묵은 밭에 불을 놓았다.

이삭이 잘려나간 검불들은
수분을 모두 빼낸 채
겨우내 밭에 드러누워 있었다.

추하지 않게
자신이 뿌리 내린 영토를 지키는 법을,
삼다도에서 온 차조는
알고 있었던 것이다.

불이 지나간 자리에 남은 건
이력을 증언할 수 없는 검은 자모들,
불이 남긴 씨앗들이다.

누구나 가슴 속에
불에 그을린 씨앗 하나 품고 살아간다.
숯이 된 시간 시간 속에서
나를 노래해 줄 증거다.

불놀이는 끝났다.
뒤돌아보니,
탄화되었던 소년이 나를 따라오고 있었다.

붙어라 명자야

명자야, 이 가시나야
지천에 흐드러진 봄꽃들
다 제껴불고
미스 양귀비는 오로지 너

명자야, 이 가시나야
허리춤에 가시는 왜 숨겼느냐
강철 불꽃들
접선, 또 접선,
너의 빛깔에 홀려
눈 뜨는 저 용접봉들을 보아라

붙어라 명자야,
내 몸에 붙어라, 가시나야

사람이 고향이다

사람에 치여 고향으로 돌아왔더니
사람 떠난 들녘엔
묵은 황토밭만 태평하게 누워 있더라.

아버지 목소리를 고삐 삼아
녹슨 쟁깃날 세워본다.

게으른 황소야,
어허,
일어나라.
이랴,
어서가자.

새참녘
황톳빛 사람들
밭으로 올라와 속닥속닥 이랑을 탄다.

묵어야 밥맛이고
묵어야 사람이제.

처음 눈을 뜬 곳이 고향이라면
사랑을 알고
세상에 눈을 뜬 곳은 사람이더라.

산 속 작은 산

산 속에 또 작은 산이 있다
뒷산이라 불리는 등 낮은 산

산에서 내려온 아버지는 등걸 한 지게 부리시다 손녀를 보시더니, 닭 모가지를 비트신다 조금 전까지 '이 녀석이 알 낳는 예쁜 꼬꼬야'하면서 나와 딸아이가 먹이를 주던 토종닭 목이 '홰액' 돌아간다 깃털이 빠지고 금세 삶은 치킨으로 변신한다 아버지는 잔뼈까지 살을 발라내시고 '대가리가 제일 맛나지' 웃으시며 왕소금에 푹 찍어 드신다

잠든 손녀 등에 업고 마실 가시는 아버지
산 속 나는 작은 산,

서울 가는 길에 쓴 낙서

눈을 뜨니 알람은 아직 자고 있네. 언제부터인가 정해놓은 시간을 앞질러 몸을 일으키는 날들이 잦아지고 있다. 어떤 이는 나이듦의 증거라고 하는데, 글쎄, 아직은 다른 이유들이 많지 않겠어?

현관에 벗어놓은 가죽을 반쯤 걸친 채 식구들 몰래 집을 나선다. 진도터널 지나 울돌목 여울을 건널 때 성에 낀 백미러로 뒤를 돌아본다. 돌아오는 다리를 건너는 자에게 아쉬움 같은 건 없다.

목포역 편의점에서 삶은 계란 두 알과 베지밀을 산다. 아침을 먹지 않는 나는 빈 속이 편하지만 기차를 탈 때는 왠지 냄새나는 것들을 먹어둬야 할 것 같다.

출발시각다섯시이십칠분､､､, 난 서울로 간다. 11호차 10C 통로측. 나는 창측보다 통로 쪽이 좋아. 차창에 비친 내 모습 너머로 점멸하는 풍경을 바라보다 보면, 가끔은 잊혀졌던 기억들이 되살아나곤 한다. 다시 잊고 싶지 않아 수첩에 기록해 두고 싶은 순간들…….

기억들이 서울로 달리는 기차를 뒤쫓고 있다. 한때는 내 이십대를 방목했던 남산의 초원. 억양은 달라도 나와 닮은 사람들과 함께 북한산도봉산사패산수락산을 종주하며, 비무장지대에서 간혹 모습을 보인다는 산양처럼 벼랑길을 드나들었었었지, 바벨탑의 불야성을 보기 위해서는 더 높은 곳 어둠이 필요했어

멀리 떠나온 지금은 남겨놓을 무엇도, 절벽산책을 하며 바위틈에 꽂아놓은 시집과 소주병과 취기 넘치던 갈피들을 되찾아올 객기도 없지.

창밖에 앉아 있는 나는
서울행 승차권을 들여다 보며
돌아오는 길을 예매하고 있지,
떠나온 길은 이미 목적지가 아니기에.

소금바다

목말라 바다에 왔다.
저 바다를 다 마셔버려도
가슴은,
내 말라버린 가슴으로는
한 점 눈물도 스며들지 않는다.

때로는 현실 앞에서
사랑하던 사람들을 향해
심장을 도려내야 할 날이 있다면
그날이 오늘이라면

끝없이 펼쳐진 바다
바다, 바다, 바다 수평선에
굵은 소금 한 점 맺혀 있으리라.

시 못 쓰겠다, 그게 어째서

여보게,
살다보면 울고 싶을 때도 있지
막상 눈물 훔치려 하면
사내새끼로 태어난 죄를 헤아리며
눈만 껌벅거리고 말지
다 그만 두고
여보게,
막힌 가슴 탁 풀어낼 수 있는
쌍욕 한 번이면 충분하지 않겠는가

여보게,
살다보면 떠나고 싶을 때도 있지
정작 떠나려 하면
뒤척이며 망설이다
비겁하게 포기하고야 말지
다 털어버리고
여보게,
속까지 거하게 취하는
한 잔 술이라면 충분하지 않겠는가

그 짧은 거라도
오늘은 드디어 한 술 쓰시려는가

시는 무슨 시

길을 가는데
"너는 뭐하는 놈이냐?"
묻는다.
"시 쓰는 사람이요."
답하니,
"전과가 몇 범이냐?"
또 묻는다.
"시하고 전과하고 뭔 상관이요?"
되물으니,
"여태, 사람 맘 훔치다.
구속돼 본 적도 없는 놈이
무슨 시냐!"
가시침을 뱉는다.
아파서 돌아보니
내 그림자다.

시어들의 무덤에서

온몸이 부레가 된 주검이
둥둥 떠가고 있다
헤엄치지 않는
지느러미 편안하시다

거슬러 올라간 길따라
다시 돌아오는(돌아오지 않을) 그대
길을 찾지 않을 것
낯선 길 헤매지 않을 것이기에
기다리지 않는,
하늘바다 고요하시다

바다가 바라다 보이는 감푸미
유년시절 묻어둔
나는 아직 그곳에 닻을 놓지 못했다

내 머릿속을 서성거리는 부표들
파도는 가볍게 밀쳐낸다
소년을 내려놓지 못한 네가 머물 곳
해안선 돌무더기 어디쯤이라고.

신호등

그대, 가야 할 길
얼마 남아 있어
질주를 멈추지 않는가.

쉬어가시게, 오늘.

붉게 물드는
신호등 그늘 아래
걸음 벗어두고
낮잠이라도 늘어지게 한숨 자고 가시게.

앞서거나 뒤서거나
누구나 가는 그 길
끝 모르고 달리는 이들에게
황홀한 적신호가 되어

오늘, 쉬어가시게.

십일시 삼거리 목련

삼월 날볕
동네 갱아지도 털 뽑아 날리는데
입술 꼭 다문 너는

환장하겄네,
언제 보여줄래

사내새끼가 여럼도 버리고
겨우내 추파를 던졌으면
이제 그만
니도 내 맘 알아 줘야제

겹겹산중 두른 치마 속에서
눈 뜨고 있을 멍울,
나한테만 살짝 터뜨려 준다면

춘란 전시회에 가지 않아도
속으로 미친 듯
웃어제낄 수 있는 날인데,
터질 듯 말 듯
오늘도 숨만, 꼴깍

*십일시: 진도군 임회면 십일시마을(십일장이 서는 장터)

올 것이 왔다

드디어 올 것이 왔다.

보이는 대로 받아들이고
우울해 소리치거나
때로는 좋아미친 듯
웃어제꼈던 날들은 갔다.

마흔 여덟해,
뭉개지고 흐릿해진 세상 바라보며
깜박, 깜박 초점을 맞추고 있는
내 등을 누군가 후려친다.

'뭘 그러고 있어, 돋보기 쓰지…'

은유 바다

바다는 내 언어의 정원이다
굴광성 파도가 기억과 상상의 담을 넘나들며
이국적인 상표들을 실어오거나
포말만 남겨두고
지느러미가 잘린 쓰레기 떼를 쓸어간다

청각을 잃고 나뒹구는 소라껍데기
나는 오래된 침묵을 듣는다
제 살을 파내버린 것들은 등 돌린 채
속으로만 울고 있다

산호 촉수들이 화사한 외출을 꿈꾸는
모래 화단에서
청동 빛깔의 수석들이 파닥거린다
썰물을 타고 관념을 떠나지 못한 체념의 뒤틀림이다
모래와 모래 사이
시간의 간극을 읽는 자,

이른 아침, 나의 정원에 별빛이 돋는다
나는 포구 맨 끝에서 그물을 던진다
은빛 치어들이 파도를 거슬러 달아난다.

장례식장 가는 길

신장개업한 장례식장 입구에는
화환들이 정렬해 있었고,
빈소 앞에서는 검은 구두들이 숨을 헐떡거리며
밖을 기웃거리고 있었다.

우울한 표정으로 객을 맞이하는 상주에게
영정 속에서 웃고 있는 고인이
어떻게 돌아가셨는지 물어보는 사람은 없었다.
사람들은 조문이 끝나자마자 서둘러 자리를 뜨거나
술잔을 돌리며 언쟁을 벌이거나
한쪽에서는 동창회를 열었다.

자정이 넘어서자 한 구석에서 고스톱 판이 벌어졌다.
패가 돌아가고, 폐가 돌아갔다.
구경꾼들은 차례를 기다렸다,
내 차례를 기다렸다.
다음 차례가 누구인지는 아무도 묻지 않았다.

장례식장으로 가는 길은 세 가지가 있다.
중앙로를 타고 가다 좌회전한 다음 직진하는 길
읍내 외곽도로를 따라 멀리 우회하는 길
그리고 객이 아닌 주인으로 가는 길이 있다.

장미 피는 시간

사월 너머 오월엔
자꾸만 등이 간지럽다
어깨 너머로
덩굴 관절을 꺾어도
붉은 손톱
차마 닿을 수 없는 그 곳

등 뒤에서 날 껴안던 여자
가시로 박혀 있다

벚꽃말미,
어느새 오월
그 상처 아물기 전
돌담 너머에서
나를 꺾는 장미.

지치꽃

쉴새없이 꽃눈을 뜬다
눈송이처럼 작은 꽃잎들이 떨어진 자리에는
붉고 촉촉한 언어들이
뜨거웠던 시간을 향해
거꾸로 거꾸로 자라고 있다

너의 흰 살갗엔
투명한 실핏줄이
금방이라도 터질 듯
두근거리고 있다
깨어라, 터져라
내 심장 속으로 속삭이고 있다

숨가빴던 오늘이 지나
꽃을 피울 수 없는 시간이 오면
바람이 너의 날개가 되어 주겠지
훌훌 껍질을 벗고
공중으로 몸을 던지면 그뿐.

첫눈

오래도록 잠들어 있던 기억 속 결정들이
하늘과 세상의 경계를 지우며
첫눈으로 내린다

저기 굴참나무 가지 사이에 똬리를 튼 겨우살이처럼
난해하게 얽혀 있던 나의 일상들이
산발하며 옹이를 풀어낸다

내 발자욱보다 저만치 앞서 내린 기억들이 녹으면
그 자리에 또 눈이 쌓인다

나는 마이산 어느 돌기슭에서 서성거리다
줄행랑치듯 무진을 빠져나온다.

칼날을 품고 사는 것들

일기장을 넘기다 무심코
지문을 베었네
미색 모조지에 떨어지는 피,
나는 신음했네

이렇게도 베일 수 있구나
날을 세우지 않는 것들에 베이는
낯선 아픔,
참을 수 없는 쓰라림……

나를 사랑한 사람도
그렇게 속으로 아파했겠네.

탑리(塔里)에는 탑이 없네

탑리에는 탑이 없다
시누댓잎에 둘러 싸여 있던
봉성암(鳳城庵)이 불타고
탑이 쓰러진 어느 까마득한 날이었을 것이다
상만 사람들이 나뒹구는 탑신을 수습해
감푸미 고개를 넘어갈 때
탑은 되돌아보았을 것이다
다시 돌아오리라

탑이 서 있었을 절터에서
나는 탑이 남겨놓은 흔적을 찾아보다
여귀산을 떠나 있던 시간 속에서
질감 없는 기억들만 한 무더기 옮겨온다

탑이 사라진 자리에
쌓이는 건,
안개와 황소와 코피 흘리던 소년
그리고 돌비탈에서 굴러내리던
감푸미 아이들, 하나, 둘, 서이, 너이…….

* 봉성암(鳳城庵) : 〈동국여지승람〉 37권 진도군편에 '죽림사 · 봉성암-모두 여귀산에 있다'고 기록되어 있다. 탑리의 큰산인 여귀산에는 지금도 고려시대로 추정되는 절터가 남아 있고, 탑에 얽힌 전설도 고스란히 살아있나. 연

재 상만리에 있는 5층석탑이 원래 탑리에 있었다는 것이다. 탑리라는 지명만으로도 이 전설은 신빙성이 높다. 또한 봉성암은 그 이름과 시대를 고려해 볼 때 삼별초 항쟁 당시의 상황을 가늠케 한다. 당시 몽고군에 의해 진도의 고성으로 추정되는 용장산성과 용장사가 파괴되었는데, 용장사는 고려 최씨 정권과 관련이 깊은 큰 사찰이었다. '鳳城(=宮城)'이라는 이름에서 봉성암이 용장사의 말사(末寺)였을 가능성을 유추할 수 있다.

폐교에서

이름 없는 화가의 작업실이 된
폐교에 들어섰을 때
추억은 제 몸을 떼어 난로를 지피고 있었다
까맣게 타버린 기억들이 뒤척일 때마다
난로에선 파란 멍이 달아오르고
때로는 젖은 불씨들이
쉬이 파하지 않을 것처럼
사내의 가슴에 옮겨 붙었다

책장이 찢겨져 나간 누런 교과서들은
불쏘시개가 될 차례를 기다리며
난로 옆에서 졸고 있었다
사내의 기억들도 긴 줄로 늘어서서
불꽃을 피울 시간,
뜨겁고 푸르른 소천을 기다리고 있었다
화가의 시선을 피해 돌아선
사내의 입술은 파르르 떨고 있었다
청년기를 지나도록 잠들어 있던 그리움이
발작을 일으키며
울컥 심장을 토해내고 말았다
창가에 뒤엉켜 있던
앉은뱅이 의사들과 긴 책상들이
밤새 사내의 기침을 엿듣고 있었다

새벽녘까지 곁불을 쬐던 바람이
덜컥덜컥 창문을 흔들었다
메마른 화구 하나가
흰 눈이 내린 운동장을 가로지르며
말줄임표를 찍고 있었다.

함께 쓰자, 우산

비가 내리자 거리의 사람들이
서둘러 거처를 짓는다
가느다란 기둥, 둥근 지붕집들

바람이라도 불면
날아갈 듯 휘청거리는 우리들 은신처

젖은 발자국,
움츠린 어깨가 닮았다

꽉, 잡아주오!
우리가 그리 쉬운 사람들인가

잃어버리지 않게,
빗금 사이로
비닐봉지처럼 날아가버리지 않게.

항아리

하늘을 담고도
모자란 듯

늘 그 자리
나의 관은

비운 만큼
담고 있더라.

홍어

참으려면 더 참지
썩으려면 푹 썩지,
소리 없이
속으로만 아파야,
그게 홍어지
왜 벌써 꺼내는 거야?
삭히지 않은
그 비릿한 심장을.

사랑마실

2부

2006

서울

절벽산책 1

칼날 절벽 위에서 그가 중얼거리고 있었다 금방이라도 뛰어내릴 것처럼 그는 절벽 가까이 다가서며 두 팔을 펼쳤다 그의 몸이 점점 절벽 아래로 기울어지자 아우성치는 가슴을 움켜쥐며 나는 눈을 감았다

사방이 절벽이고 돌아설 길도 벼랑인 이 수직의 늪에서 벗어나는 길은 실족뿐, 살아야 할 이유가 분명치 않다면 실족에는 조건이 없다

절벽을 걸어간다, 온몸이 촉수가 되어 예각을 찾아 한 숨 한 숨 걸어놓으며 또 다른 예각을 찾는다 살기 위해 매달리는 것이 아니라 살아있기에 살아남으려 하는 것이다 어디 절벽 아닌 시간이 있었던가!

사막에서 핀 꽃을 보고도 혀가 젖지 않는다면 그것이 절벽이다, 심장을 빼앗기고서도 사랑하지 않는다면 그것이 절벽이다, 눈부신 환절기에 메말라 있는 나의 그리움도,

절벽이다.

절벽산책 2

지도 위의 길에서
이정표들은
정상으로 가는 길만 가리키고 있었네

정상까지 3.4km

나는 그만 지도를 접고
수직의 바위 군락으로 걸어갔네

사망사고다발구간 – 우회하시오

직벽에도 길은 있었네
그러나 바람도 머물지 않는 그 길에서
순간의 헛디딤은
영원한 풍장일 것이기에

나는 날개 잃은 새들의 무덤 앞에서
다시 지도를 펼치고 있었네.

절벽산책 3

술 취한 날에는
저 길모퉁이 돌아서고 싶지 않네

술병 조각이 촘촘히 박힌
담장을 넘어온 라일락 향기
상처 없이 베여져나간 기억들을 추스리네

바람의 기척에도
바위틈으로 몸을 숨기는 도둑게처럼
옆걸음질 치며
저 길모퉁이만 돌아서면,
낮은 담장에 붙어 있는 쪽방에서
혼자 웅얼거리던
칼 마르크스의 선언과
연대가 희미한 시집들이

월담을 꿈꾸는
나의 모서리를 돌아서고 있다네.

절벽산책 4

몸을 기댈 수 있는 벽은 늘 그의 차지였다

막 포를 뜬 안주거리마저 금세 어눌해지는 어두운 술집 구석에서 색 바랜 시집들이 비스듬히 누워 있는 도서관 책장 사이에서 오지 않는 버스를 기다리며 시계의 초침만 되뇌는 안개 낀 밤거리에서도 등을 맞댈 수 있는 거라면 무엇이든 그의 벽이 되었다

그는 거리의 고목들을 좋아했다 곪아 터지거나 덩어리진 광합성의 종양들, 껍질이 벗겨져 드러난 속살에 새겨진 난잡한 칼자국들, 상처가 많은 고목일수록 그는 오래도록 기대어 등골 깊이 숨어 있는 사상들을 긁어대곤 했다

그는 사방이 벽으로 둘러싸인 지하 골방에 처박혀서야 드러누울 수 있었다, 깊이를 알 수 없는 포만감을 느끼며.

절벽산책 5

새들의 시위가 끝난 광장을
무심코 지나가는 당신,
발걸음 불안하네요.
왜 길 모서리만 따라 걷는 거죠?
그 모서리는 어디가 각이고
어디가 면인가요?

당신의 시들도
어느새 절벽에 서 있나요.

절벽산책 6

낙엽이 되지 못한 채
바람에 흔들리고 있는 신갈나무 마른 잎사귀처럼
나는 가파른 낭떠러지에 매달려 있다
산이 먼저 손을 내밀어준 까닭이다.

매듭 없는 시간들이
미끄러지며 아득한 곳으로 떨어져내린다
찰나, 나는 다만 조각될 수 없는
기억들만 중얼거린다.

살아야지, 이겨내야지.

먼 길을 돌고 돌아오지 않아도
내게 주어진 수액만큼만 살다 갈거라면
한 번쯤 폼 나게
수직절벽을 달려오르다
중력을 버려봐도 좋지 않겠는가.

내 안의 모든 기호들이
낙석이 되어 굴러 떨어지는 순간에도
벼랑길에 붙박힌 철쭉 뿌리를 움켜쥐며
나는 그들보다 바짝 엎드린나
추락 예감,

절벽산책 7

사내는 한쪽 눈을 감은 채 연필을 들어 절벽의 폭과 높이를 가늠한다 캔버스에 절벽을 그리는 사내의 등 너머 절벽이 보이고 그 절벽 너머 산의 절벽이 보이고 다시 그 너머 더 높은 절벽이 보인다

붓 끝에 묻어 캔버스로 가는 물감이 절벽의 일부인지 캔버스의 젖은 절벽이 산의 절벽인지, 사내의 절벽인지 사내가 바라보는 저 풍경이 절벽인지 절벽 끝에 선 사내가 절벽인지 캔버스에 그림이 완성될 즈음 붓 끝에서 절벽들이 떨어져 내린다

뚝, 뚝, 뚝,
절벽이 캔버스에서 뛰어내린다.

절벽산책 8

절벽에 서 보았다

검은 심지를 드러낸 양초가 비스듬히 누워 있고 국화 한 송이 이슬에 젖어 있는 그래서 풍문으로만 들었던 실화가 궁금해지는 '장난스럽게' 절벽에 서면 어떤 기분이 드는지 왜 그는 길을 찾아 이곳으로 왔는지 그가 마지막 순간까지 더듬어 보았을 안전벨트와 로프가 될 만한 것들은 없었는지 가벼워지는 하체를 반발자국씩 옮기며 절벽에 섰다

어쩌면 그도 나처럼 단지,
절벽에 서 보고 싶다는 이유만으로
나보다 먼저 이곳에 섰을지도 모른다
나는 절벽 아래로 국화를 밀어뜨렸다
흰 꽃잎들이 바람을 타고 절벽을 거슬러 올라왔다.
뒷걸음치는 나의 발자국을
꽃잎들이 성큼성큼 따라붙고 있었다.

절벽산책 9

벼랑길에 서 있는 소나무
손을 잡으라는 듯
죽은 가지 내밀고 있다
가지에 매달리는 순간
툭, 부러지기라도 하면
끝장날 수밖에 없는 생사의 갈림길에서
나는 어이없게도
죽은 가지에 운명을 맡긴다
정작 운명 앞에서는
이처럼 단순해지고 마는 것을
저 아래 세상에서는
왜 그리 숨 가쁘게 살아왔을까

봐라
나에게도 죽은 가지가 있다
벌써 응고된 죽은 감각들이 있다
누군가는 그것을 붙잡고
이 길을 오를 것이고
누군가는 그것을 버리고
다른 길을 찾아갈 것이다

벼랑길 중간쯤에 매달린
나는 반쯤 살아있고 반쯤 죽어있다.

절벽산책 10

네 앞에 서면 그가 보여
애완동물처럼 순하게 길들여진 호모사피엔스

거리를 지나거나 화장실에서나
하루에도 몇 번이고
나는 그와 눈을 마주쳐야만 해
갇혀 있는 그를 보면 마음이 편안해져
나의 분신을 보고 있다는 것
언제나 그가 나를 기다리고 있다는 것
보고 또 봐도
질리지 않는 존재는 그뿐이라는 것
하지만 벌거벗은 그를 보며
초라한 무기를 확인할 때마다
사냥을 나가는 전사처럼 화장을 하고 싶어
사자의 갈기라도 달고 싶어

너는 알고 있겠지?
그를 사랑하면 안 된다는 것을
사랑이 너를 투명하게 만들어버리면
그를 반사할 수 없다는 것을
그가 네 안에 머무는 동안
나는 네 앞에 서서 그를 바라만 보겠지
나와 그 사이에서
깊이를 알 수 없는 네가 서 있어.

절벽산책 11

서른 막다른 골목에 홀로 서 있는 오늘은
소주 한 잔으로 공갈을 치던 친구마저
차마 디딜 곳 없는 직벽이다
돌아선다, 사랑하던 것들로부터 떠나련다

사내의 좁은 가슴 사이로
출처를 알 수 없는 슬픔이 흘러내리다
마디마디 검은 가시에 걸리곤 한다
쿨룩거리며 등이 휘어질 때마다
가시는 거꾸로 살갗을 파고들며
지우고 싶은 마른 기억만 골라 잠을 깨운다

상처들이 몸을 비틀고
사내의 기공에서 묵은 기침 소리가 불거진다
더 이상 새 잎사귀를 피워내지 않는
고산의 풍화목처럼
사내는 광합성을 거부하고자 한다

아무것도 마주 볼 수 없는 시간,
사내의 등이 갈라진다
그 틈으로 젓내 나는 바닷바람이 스며든다
거친 풍랑 속 해녀처럼
휘파람 불며 제 속을 비워내던 사내는
돌아서지 않고서도 온몸이 등이다.

절벽산책 12

이명에 뒤척이던 새벽
달빛이 콘크리트 숲을 헤치며 한천*으로 길을 낸다
밀대를 놓친 굴렁쇠처럼
강변 자전거길을 따라 굴러가 보기로 한다

폭이 좁은 강일수록 물살이 빠르다는데
굽이칠 줄 모르는 이 강은
낙차공(落差工)*에 이르러서야 폭포가 된다

저 폭포도 지금
나이아가라를 꿈꾸고 있을 거다

폭포의 외곽에서 중년 야광찌들이 곤두서 있다
산란기 고기 떼를 유혹하기 위해
미늘을 숨긴 떡밥을 던져대지만,
그들이 낚아채는 건 비린내 나는 물비늘뿐,
부레를 부풀리며
수면 위로 올라오는 월척은 보이지 않는다.

얼마나 더 많은 시간을 미끼를 던지고도
빈 미늘만 거져 올려야 할까
달빛이 폭포를 벗어날 즈음
부력을 이기지 못한 나의 찌도 드러눕는다.

* 한천(한내) : 서울 도봉구 창동 부근의 중랑천을 밀힌다.

* 낙차공 : 물의 흐름과 수온을 조절하기 위해 인공적으로 만든 작은 댐 형식의 구조물.

가면론

김형, 그 불길한 표정은 뭔가요?
행려병자처럼 눈빛 아래로 모자를 눌러쓰고 있네요
거울 속에서 표정을 꺼내요
거리에서 휘청거리는 알루미늄 가면들을 보세요
인쇄체 언어가 절룩거릴 때마다
반짝이는 표정들에는
게임의 마법이 걸려 있어요.

김형, 그 어색한 몸짓은 뭔가요?
거리의 사람들이 쏘는 가시광선에 가슴이 아프더라도
움츠리지 말고 알몸으로 나와요
굴피 같은 사람들이 노래하는
메마른 노래를 들어보세요
주름진 오선보에서 경련이 일 때마다
우울한 영혼들이 떨고 있어요.

김형, 스스로 수인이 되어
가면 속으로 숨어들지 말아요
투명유리가 더 깊이 이 세상을 반사할 수 있잖아요
또 누가 알아요?
누군가 김형을 바라보는 순간,
짙은 화장을 벗어던질런지요.

가면놀이

김형, 그 정직한 표정을
아직도 버리지 못했나요?
봄이 지나고
또 기다리던 봄이 왔잖아요
꽃무늬 웃음으로 변장한 사람들은
교양 넘치는 몸짓으로
서로의 가면을 바라보며
갈채를 보내고 있어요
김형, 진실을 찾는 그 표정이
세상 사람들을 불편하게 만든다면
희극 배우처럼 멋진 액션가면을 써 봐요
김형, 불의에 분노하는 그 표정이
사람들에게 상처가 된다면
목회자의 증명사진처럼
알루미늄 가면을 써 봐요

김형, 이제는 벗어 봐요,
불온한 그 표정을.

가을 너머

발자국은, 스사삭스사삭, 새벽길의, 스사삭스사삭, 죽은 이파리처럼, 스사삭스사삭, 나뒹군다

눈동자는, 스사삭스사삭, 전광판의, 스사삭스사삭, 뉴스 가십거리처럼, 스사삭스사삭, 깜박인다

지나가는 아침을 바라보며 아침을 기다린다, 태양이 나를 비출 때까지 나의 촉감은 숨죽일 거다

빗자루는, 스사삭스사삭, 환절기에, 스사삭스사삭, 미처 버리지 못했던 잎새까지, 스사삭스사삭, 쓸어간다

나는 길게 늘어져 주름진 머리칼을 자른다, 스삭!

강가에서 피는 꽃

흐르는 강물을 바라보고 있노라면
저 강은 제자리인데
가뭇없는 기억들만
꿈결 타고 거슬러 올라오네.

강섶 풀꽃들은
물결에 달빛이 일렁일 때마다
몸을 떨며 속삭인다네.

바람길로 물길로
내 사랑 만나러 왔노라고.

강물따라 흐르던 흰 구름도
물안개 되어 내려앉는 새벽녘
저 강은 그대로인데,
강가를 서성거리는 노란 달맞이꽃.

공상비행

날아가는 새들을 바라보며
나는 깃털 없는 어깻죽지를 원망한 적이 있다
내게 주어진 길을 저주하며
키티 호크의 모래언덕에서 쉬지 않고 뛰어내리던 나는
추락한 이카루스의 잔해들만 남겨둔 채
어느 날, 사막으로 떠나기로 했다

모래바람이 만든 동굴 벽화 속에서
나는 석기인들을 만났다

그들은 금속성의 항법장치가 무엇인지 몰랐지만
별과 별 사이를 자유롭게 활강하고 있었다
날개 없이 날아다니는 그들에게 물었다

"날아오르는 법을 가르쳐 주십시오, 제발."
"어렵나요? 그냥 바람을 타면 되는데."

벽화 속으로 들어간 나는
석기인들의 공중 행렬 사이로 끼어들었다
직립보행자의 금기들이 지워져 가고 있었다.

관념에 사로잡히다

태양의 보폭은 노을에 등을 기댄 채 누워 있는 내 그림자의 걸음나비와 같다 눈부셨던 어린시절이 눈물샘을 짓누르는 날 나는 습작 노트에 제멋대로 던져둔 징검다리를 건넌다 관념에 잠긴 돌이 보인다 나는 허방인 줄 알면서도 밟고 선다 건너뛸 수 있는 시간은 없다 상화(霜花)가 핀 돌을 밟는다 시선을 잃은 나의 발걸음은 벼랑 꼭지점을 더듬거린다 그림자는 노을에 맺히는 한 점 물방울에서 등 돌리며 서서히 나의 보폭을 이탈한다 기억의 저편에서 가시광선이 흐느적거린다 어느 순간 그림자 추락한다 나는 발자국을 거둬들이며 동굴 속으로 들어간다, 시인들의 은신처다.

근대문화유산으로 추락하기 전

남산 소월길을 내려온 사내는
백년 전의 도시문명으로
월경을 허락한 남산교 위에서 헛걸음질이다
사내는 지금
증기기관차가 달리는
어느 느슨한 교각처럼 흔들리고 있는 중이다

이 다리를 건너는 순간,
너의 그림자는
다시 우울한 세상의 노예가 될 거야

국보 제1호에 조명등의 불씨가 옮겨 붙는다
1934년 12월 24일,
서른세 살의 시인이 음독자살하는 순간에도
고대의 석축기단은 변절을 노래하지 않았다
위대한 유산이라는 이름으로……

디딜 곳이 없다면 공중에서 춤이라도 춰야지
작두를 다오

날선 난간 위에 올라선 사내는
어깨를 들썩거리며 서정시대를 공수한다

산자여바로보라산자여따르라
산자여모질게살아남은자여날아오르라

아하, 기름진 내장과 우윳빛 살점들이
경성역으로 질주하는 고가 위로 떨어져 내린다
굽어진 등골까지 깎아낸
사내의 마지막 거처만이
신탁을 끝내고 난간에서 내려선다

돌아가리라돌아가리라
원시성의구호만으로장단을맞추던
그눈물겨운춤판으로돌아가리라.

길 위의 대화

안개 속에서 고양이 괴성이 들렸다
들고양이의 마지막 숨소리였다
서울 외곽으로 휘어져 나가는 동부간선도로
황색 실선 한가운데
즉사한 고양이의 사체가
외마디 음표처럼 걸려 있었다
자동차 바퀴들이
가속도를 내며 중앙선을 넘을 때마다
故양이는 납작, 아스팔트에 붙었다

한 사내가 안개 자욱한 길을 가로지르고 있었다
비틀거리던 그의 가느다란 목덜미
들고양이의 발목을 닮아있었다.

길을 풍장하다

백운교 지나 소귀천 자락으로 들어선 나는
등고선이 선명한 지도 위를 걸어가고 있었네
북한산철쭉 꽃잎들이 떨어지는 계곡으로
수많은 샛길들이 가지를 치고 있었지만
길목 이정표들은
오로지 산정으로 가라 손짓하고 있었네

지도에 쓰인 좌표대로
길을 걷는다는 것은
정지된 시간을 살아가는 것만큼이나
권태로운 형벌이 아니던가

지도를 접고 등산로를 벗어나자마자
순간 사방이 낭떠러지……

청설모 한 마리가 벼랑 위로 오르며
뒤돌아보고, 또 돌아보며,

길 없는 곳에서는
길을 잃는 법도 없다하네.

이끼와 야생화들, 고목들, 새들이 다니던
그 길에서 나는 길의 풍장을 목격했네
나의 길도 돌무더기처럼 드러눕고 있었네.

꽃답다

차마 손길만 스쳐도 상처 날 것 같아
창문 너머로만 몰래 엿보던
희고 여리던 꽃잎들
밤새 봄비 내리더니 소금처럼 녹아버렸네

꽃이 피고 지는 것일까
내 마음 피고 지는 것인가

서른 살 어귀
아침거리를 배회하던 나에게
골목 가득 화초를 키우며
조루로 물을 주던 노인,

"꽃다운 나이답게 살아야지……."

끓는점

–2003년 7월 황학동에서 물질에 관한 끓는점 실험

○가설 : 끓는점은 물질마다 다르다. 유형의 물질과 무형의 물질도 그럴 것이다

1. 철이 끓는점은 2750℃
   사내가 고철을 짊어진 손수레를 끌고 간다
2. 납이 끓는점은 1740℃
   고가 아래를 지나던 사내의 무릎이 꺾인다
3. 물이 끓는점은 100.0℃
   사내는 소매를 들어 눈시울을 스치는 땀을 닦는다
4. 알코올이 끓는점은 78.5℃
   사내는 푸른 신호를 기다리며 소주병을 꺼낸다
5. 산소가 끓는점은 -183.0℃
   사내가 맨홀처럼 막혀 있던 목구멍을 딴다
6. 가슴이 끓는점은……?
   손수레가 붉은 아지랑이의 숲으로 사라진다

○결과 : 끓는점은 외부 압력의 영향을 크게 받는다. 외부 압력이 낮으면 끓는점도 낮아지고, 외부 압력이 높으면 끓는점도 높아진다
○추론 : 황학동 벼룩시장에서 시집을 산 사내의 끓는점은 외부의 압력과 관계가 없을 것이다

나비작전*

철시를 서두르는 도깨비시장 거리
한쪽 굽이 닳은 사내의
발자국마다 빗물이 스며든다

시한부 질주를 시작한 삼일고가
화사하던 꽃잎들이 빛깔을 잃어갈 때
어둠을 틈타 몰래 몸을 떨구듯
자동차가 지나갈 때마다
미처 은신처를 찾지 못한 것들은
교각 아래로 몸을 날린다

하수도 검은 입 속에서
넘쳐 흘러나오는 엘피 소리
최근 나붙은 듯한 1968년식 에로영화 포스터
질퍽해진 기억들

천변풍경이 지하에 구금되던 날
살아남은 나비들은 어디로 갔을까

사내는 자신을 미행하던 지난날의 주파수를 따돌리며
14동 골목으로 들어선다.
단전된 아파트 외벽에 기대앉은 간이주점
처마 홍등에 '원조 잔치국수' 딱지가 붙어있다

난로 옆에 쪼그려 앉는 양은주전자에게
몽골인을 닮은 이원찬 씨*가 인사를 건넨다

"한 건 했제?"
"잔치 하나요!"

삭은 홍어 빛 김치 한 종지
붉고 푸른 사금파리 멱을 감는
잔치국수 한 그릇 탁자 위로 올라온다
사내는 그물 없는 족대로 천렵을 시작한다

금세 어디론가 사라져 버리는
날쌘 잡어들

부러진 안테나에서
올해는 장마가 일찍 시작될 거라는
일기예보가 흘러나오자
주인은 볼륨을 높이고
사내는 통째로 국물을 들이키다
사타구니를 긁는다.

* 나비작전 : 서울시가 개발을 이유로 1968년 9월 26일~10월 5일까지 청계천변 빈민들과 종삼의 창녀·포주들을 미아리 텍사스와 청량리 588로 소개한 일을 말한다.
* 이원찬 씨 : 61세. 청계천 일대와 삼일아파트 14동 골목에서 30여 년간 잔치국수와 고기튀김을 팔아왔다.

나에게도 얼룩이 있다

산천어의 지느러미에서는
비릿한 바다 냄새가 묻어나온다
회귀성 운명을 거부하고
여울이 쉬는 곳에
홀로 남은 너는 알고 있을 것이다
좁고 메마른 수심에서 일어난 작은 파문도
격랑이 된다는 사실을,
온몸에 물결 무늬를 새긴 너는
꽃비가 내리는 날
모천(母川)으로 돌아오는 송어 떼를 바라보며
잠시 가슴만 설레면 그만이라 한다

물거울에 비친 나의 모습
들여다 보니, 얼룩이 있다
돌아가야할날을손꼽으며살아야할증표다
벌써 살갗이 가렵다.

내 목이 따갑다

가냘픈 손이
붉은 꽃
목을 휘감고 있다

아이야,
그 꽃을 꺾으면 안 돼
금방 시들고 말아
불쌍하잖아

아이가 잠들 때까지
꽃향기 맡고 있던 사내는
붉은 꽃
목을 꺾는다
시간이 흐르면
이 꽃도 시들어버릴 텐데

뚝뚝,
꽃봉오리 떨어지는
오후,
내 목이 따갑다.

느티나무 그늘에서

진관사 가는 길에 느티나무 정류장이 있다
아름드리 느티나무가 서 있던 이곳을
산사를 오가는 사람들은 느티나무집이라 부른다
그런데 허름한 집과 개울 사이
느티나무는 보이지 않고
백년 수령의 수양버들 두 그루만
봄바람에 촉촉한 머리카락 흔들리고 있다
비스듬히 누워있는 평상의 눅눅한 무늬만이
느티나무의 내력을 알고 있음일까
버들잎 그늘만 평상에 앉아 사운거리고 있다

밤이 되면 느티나무 아래
사랑을 나누던 귀머거리 남자와 한 여인이 있었다
산사에 잠시 머물던 여인이
어느 날 소리소문 없이 떠나버리자
남자는 느티나무에 오른 후에 내려오지 않았다

굿판이 벌어진 뒤
느티나무는 베어졌다
언제부터인가 느티나무가 서 있던 자리에
수양버들 두 그루가 자라기 시작했다
버들잎이 치렁치렁해질 무렵
한 여인이 버들잎 그늘 아래

버드나무집 간판을 달고 산객들을 유혹했다.

그런데 산객들은 이 집에서
느티나무 향기가 난다고 말했다
버드나무집 간판은 밤새 내려지고
여인도 사라지고 말았다.

한 무리의 취객을 태운 버스가 떠나간 정류장에
종점으로 들어가는 버스 한 대가 들어온다.

'이번 정류장은 느티나무입니다.'

정류장 평상 위에 버들잎 누워 있다.

데자뷔다

택시는 뚝섬에서 고속터미널 방향으로 달린다 사내가 시계를 보며 발을 구른다 들뜬 황색 차선들이 차로를 이탈해 그물처럼 엮인다 정체의 그물에 포획된 바퀴들은 빨간 등이 켜지면 굴러가고 푸른 등이 켜지면 파열음을 내며 멈춘다 사내는 안전벨트를 푼다 차창을 연다 증기 섞인 강바람이 사내의 살갗에 달라붙는다 끈적끈적한 시간들이 연체동물처럼 기어간다……사내가 택시에서 뛰어내린다 급정거한 열차처럼 뒤엉켜 있는 자동차 사이로 질주한다 구급차와 전동차를 추월한다 사내는 슈퍼맨처럼 날아가다 순식간에 고속터미널 버스에 오른다 막 버스가 출발한다……사내가 눈을 뜬다 택시는 후진 중이다 브레이크 걸린 토요일 오후, 한 사내가 택시에서 뛰어내린다.

따귀를 때리다

육교 계단에서 사내는 발행일자가 희미한 신문지처럼 구겨져 있다 귀가를 서두르는 사람들은 무심히 계단을 오르내리고 지나가는 자동차들만이 가끔 육교를 흔들어댄다

사내는 이쯤에서
그만 내려서려 했던 것일까
구두 한 짝
난간 아래 반쯤 허공을 딛고 있다

몽롱했던 순간들이 새벽거리를 휑하니 지나가는 사이 흐느적거리며 몸을 일으키던 사내가 사정없이 자신의 따귀를 때린다 젖은 볼에 달라붙는 짜릿한 밀착감,

아직 아픔을 소유함!

살아남은 자의 의식을 끝낸 사내는
절룩거리며 계단을 오르고
사내가 육교를 건너 멀리 사라질 때까지
구두 한 짝
여전히 반쯤 계단을 딛고 서 있다.

말수가 없는 까닭

사내가 과묵한 이유는
어느 날 갑자기
그가 드나들 문이 사라져버렸기 때문이다

사내가 열던 문들은
어느 날 갑자기
입구에서 출구로 변경되었다

골목 가로등을 끄며
'게으른 네가 잠들어야 이 세상이 일어나지…….'
농담을 건네던
사내의 입은
외부인 출입금지 딱지를 달고 있다
오늘 또 갑자기
폐문(廢門)이 되었다
그 문을 열지 않아도 깨어나 있음이다.

메뉴판을 털다

여자에게 이끌려 남산에 오를 때
황금빛 가로수들이 메뉴들을 달랑거리며
바람이 불어주기만 기다리고 있었네
배가 더부룩한 여자가 주문을 걸었지
순대국……새우튀김, 자장면
……소공동으로 감자탕 먹으러 갈까아
비탈진 언덕을 지나고 몇 굽이의 계단을 오르는 동안
여자는 쉬지 않고 詩의 성찬을 차렸네
낙지도 사고오……고등어도 서너 마리 사자아
……신라마트에 들러 아이스크림도 사야지이
여자는 남산만한 배를 쓰다듬었네

아가가 배고픈가 봐.

은행나무 군락을 미끄러지듯 내려올 때
나는 뒤를 돌아보았네
배흘림의 그림자가 내 발끝으로 기울고 있었네
나는 여자 몰래,
은행나무를 걷어차고 말았네.

문門의 대화

저기 아침 빗살무늬 사이로 몽환의 시간들이 피의자처럼 달아나고 있다 사내는 삐그덕 방문을 열고 거실을 지나 현관문을 연다 마당을 스치면 철대문이 나오고 거리에서 뒷문만 열리는 버스에 올라 창밖으로 졸음을 밀어내는 사이 전철역이 나오면 개표기를 통과해 빈 자리가 없는 전동차를 탄다 자동문이 열려 지상으로 나온 사내는 종일 회전문을 돌려야 하고 집으로 돌아와 방문을 걸어잠글 때까지 알루미늄 관문들을 통과해야 한다

때로는 숨통마저도 그의 문이 아니다.

배우의 거리에서

충무로를 걷는다
애견센터의 대형 유리창에 비친 사내의 얼굴
수혈을 원하는 혈액주머니처럼 창백하다

바람이 가로수에 붙어 있던 전단을 뗀다

……참신한 배우를 찾습니다

사람구함,
철지난 필름 한 컷처럼 낙엽이 되어
보도에 나뒹굴다
배수구에 달라붙는다

자기검열 중이었던 사내는
필름 하나를 주워들어 전화를 건다

……목소리 없는 배우도 좋습니까?

그 거리, 바람이 나를 미행하다
극장 골목 술집 앞에서 필름 끊긴다.

상상바다

수줍은 소년아,
네 일기장이 환절기를 앓는 동안
너의 보폭이 넓어지는 동안
말을 잃어버린 소년아,
지금 저 바다에는 소실점 하나 떠 있구나
거친 파도에 지워진 새들의 발자국들
소금바람에 할퀴어 몸섬을 잃고 떠도는
실종자의 깃털들
제 몸을 옭아맨 밧줄을 떼어낸 부표처럼
뭍으로 떠밀려 올까
해로를 벗어난 부유물들
등대의 녹슨 빛,
소년에게 기울어지고 있다.

상처 없이 아픈 이유를

해맑은 가을 하늘을 바라본다
내 가슴은 잡티가 들어간 듯
심장을 깜박이며 밭은기침을 한다
잃어버린 시간과 사람들,
그리고 그들을 외면해버린 나의 차가운 선택들
우연한 회상은 사레처럼 성가시다
시신경 너머로 스러지던 노을이
쇠락한 갈잎처럼 흩날리며 나뒹군다.
나는 오독(誤讀)의 가시가 그립다
음습한 골방에서 자라던 그 가시를 다시 빼내와
딱지 붙은 내 살갗을 찌르고 싶다

오늘이 지나면
가시 끝이 무뎌질지 몰라
지나온 시간들의 마디, 마디를 더듬는다.

서른, 가역반응

호미를 든 아이가 여귀산에 오른다 어머니는 벌써 탯줄을 끊고 가파른 바위를 넘어가고 있다 다리 아파요 아이의 투정은 골짜기로 굴러 내린다 새끼 염소들이 아이를 스쳐가며 단숨에 바위를 뛰어넘는다 아이는 훌쩍이며 바위를 타고 오른다

마침내 바위 맨 꼭대기에 다다른 아이, 어머니를 찾는다 하얀 꽃다발을 한아름 안고 오는 어머니……설모초가 지천에 깔려 있다 소년은 알싸한 향기에 숨이 막힌다 코피가 터진다 지뢰가 터진다 발목이 꺾인 설모초 꽃잎들이 핏빛으로 붉게 물든다

변증법의 사금파리들, 언제나 그랬다는 듯 여린 꽃술을 내민다 사내는 툭, 제 붉은 향기를 꺾는다 서른 번째 꿈을 기념하는 날이었다.

손가락이 낯설다

말장난을 치다 무명지 모음 하나를 베였다 그와 나 사이에 선홍색 줄이 그어졌다 모니터 위에 튄 핏방울 닦아내면 그뿐이지만, 그에게 말걸기 성가시다 기계공이었던 그가 프레스에 검지 마디를 잃어버리고 나를 찾아온 적이 있다 버릇처럼 손을 내민 나를 당황하게 만들던 그의 마디 웃음, 그렇게 인연은 그의 왼쪽 바지주머니 속에 밀폐되었다

그에게 편지를 쓰고 있다
오타다,
작은 상처만으로도 나는 연방 헛소리를 한다.

신혼

이른 아침부터 아내는 또 다림질이다 목단추가 뜯겨나간 와이셔츠 옷깃에 고속도로처럼 빳빳한 길이 나고 체크무늬 넥타이는 푸르스름한 날을 세운다 실오라기 한 가닥 뽑아내지 못하는 누에고치처럼 담요 속에서 몸을 웅크린 지 오래인 나는 아내의 거친 숨소리를 듣고서야 비대한 살집을 일으킨다 가습기가 뿜어낸 수분들은 창문의 비닐막이나 플라스틱 세간들로 흩어지다가 나의 건조한 살갗에 달라붙는다 다림질을 끝낸 아내는 부엌에서 새 그릇들을 달그락거린다 환풍구로 빠져나가지 못하고 팽팽하게 응고된 침묵이 깨진다

출근해야지?

헤어드라이기를 든 채 수전증을 앓고 있던 나는
서둘러 아내가 건네주는 넥타이로 목을 조른다
정오에 온다던 아내의 여고 동창생들이
벌써 길모퉁이를 돌아
하이타이 몇 포 들고 깔깔깔 들이닥칠 것만 같다

쪽문을 빠져나가던 나는 문득 뒤를 돌아본다
헤어드라이 플러그, 계속, 꽂혀 있다.

아침에 쓴 시

내 언어가 나를 겉도는 것은
길바닥에 박혀 함께 빗물을 나눴던 풀씨들마저
어제의 연대를 거부하는 까닭이다

바람이 불기만을 기다려
어디로든 나뒹구는 사은유 이파리들
모가지 잘린,

내 노래가
세상 사람들의 마음으로 스미지 못하고
각질로 부서지는 것은
비틀거리며 귀가하는 사람들의 뒷모습마저
오늘의 연대를 거부하는 까닭이다

거리의 모서리에 구겨져 있는 신문지처럼
동이 트기만을 기다려
어디로든 휩쓸리는 부랑자의 독설들

중독성의 아침,
나와 불화를 겪는 존재들을 불러내
마주 선다, 스크럼을 짜자고.

아하, 귀가(歸家)

지하철 2호선 아현역 2번 출구로 나와 한빛은행과 롯데리아 사이 골목으로 들어서면 어묵과 순대와 튀김으로 여자의 발목을 거는 노점이 있고 가구시장 골목과 생화와 조화로 뒤섞인 꽃집 사이로 난 길에서 보신탕 끓는 소리와 삼겹살 굽는 냄새에 쫓기다 보면 금니처럼 반짝이는 미장원들에 손은 어느새 머리를 빗질하고 있고 신라마트와 행복마트(최근에 대성마트로 이름을 바꿨어) 사이에 있는 떡방앗간을 지나고 구형 목욕탕을 개조해 2층에 여성독신자용 원룸을 지어 분양중인 교회와 포도나무 덩굴이 엉켜 있는 세탁소 사이에 들어서면서 호흡은 가빠지고 걸음은 느려지고 생각만 어서 빨리 가자 빨리 엇박자를 맞추다 보면 작년 가을 간판을 내린 충남슈퍼가 보이고 그 귀퉁이를 끼고 돌면 내가 사는 이태리양식의 검은 벽돌집이 나오는데 우편함을 뒤적거리다 대문을 열면 고사 직전인 대추나무가 가파른 계단 위로 울타리를 치고 있고 또 계단을 밟아 오르다 보면 올망졸망 항아리 예닐곱 개가 모여 있는 장독대가 있고 또 휘어진 계단을 둘씩 밟다 보면 드디어 내 방으로 들어가는 쪽문이 나오는데 왼쪽으로 탁 트인 풍경 속에는 마포 너머 한강도 흐르고 신촌 너머 경의선도 달리고 저기 김포 하늘에서 이륙하고 착륙하는 비행기도 보이고 운수 좋은 날은 여자의 그것처럼 말랑말랑 부풀다 서쪽으로 잠기는 태양도 볼 수 있는데 언제부터인가 내가 걸어온 길 곳곳에는 호반3길이라는 푯말이 붙어 있는데 열쇠로 쪽문을 따고 방으로 들어가면 여자는 출산을 위해

친정으로 가고 없고 나 홀로 호반(湖畔)에 서서 등껍질을 벗겨내고 수면 아래로 잠겨들다 동소문 신문보급소와 그 고개 너머 정릉을 기웃거린다.

어린이날의 저주

딸아이 손을 잡고
어린이대공원 매표소 앞에서 긴 줄을 선다
오늘은 어린이날
아이들은 공짜란다
내 손을 뿌리친 딸아이
또래들을 따라
저만 혼자 공원으로 들어간다

매표소가 가까워질수록
내 걸음은 자꾸,
자꾸 뒤로 물러나고
휘어진 대기줄 틈으로
궁리만 끼어든다
오후에는 비가 내린다 했지

비가 내릴 거야
저기 먹구름이 몰려오고 있어

흐릿한 어린이날 정오
어느새 다가온 딸아이
빨리 가자며
주문을 외던 내 손을 잡아끈다.

은어 떼가 습격하던 날

은비늘 무리는 바다로 떠나갔다
떠나간 이들이 남긴 비린내마저 씻겨내는 여울을 거슬러
이끼의 숲으로 오르려는 지느러미가 있다
톱니바퀴처럼 돌아가는 관습에서 벗어난다는 것은
반역이거나 홀로 된다는 것
때로는 물길에 몸을 맡겨두고
어디로든 흘러가고 싶다
이 메마른 사내에게도 격랑은 일어나니까
여린 지느러미의 반동에도 파문이 일고
낡은 기와처럼 검은 이끼가 내려앉은 비늘도
구경꾼들에게는 경치가 될 때가 있으니까

산호 초원으로부터 바람이 분다
흰 분을 바른 꽃잎들이 나의 거처까지 날아온다
강섶에서 은어 떼를 바라보던 사내는

'오늘은 가슴만 설레면 그만이지,
아니 돌아가야지
내가 사랑하던 그 소년에게로…….'

작은 풀씨들의 반란

얼어붙었던 대지에
태동이 있다
살아남은 씨앗들 몸부림이다

바람이 분다
풀꽃들이 꽃무늬 원피스를 입고
패션쇼를 한다

꽃비가 내린다
소리 없이 선명한 꽃잎의 이념
아침마다
툭, 목을 떨군다

풀씨들은
꽃의 주검을 밟고
아지랑이 춤을 춘다

들리는가,
새로운 광장을 찾는
저 하늘의 심장박동이
보이는가,
가슴 풀어헤치고 젖을 물리는
여신들의 아리따운 언어들이

풀씨들은
다시 뿌리를 내린다
비무장지대의 녹슨 철조망 사이
도시의 콘크리트 보도 틈
고향의 잿빛 슬레이트 지붕 위에서도
풀씨들은 뿌리를 박아낸다

세상 모든 틈이
풀씨들의 길

사람들 가슴에 박힌 풀씨는
그들의 심장에 뿌리를 내리고 꽃을 피운다
봄을 기다려
가슴을 움켜쥐고 피를 토하는 사람이 있다면
그가 다시 풀씨가 된다

풀씨는 혁명가의 묘비 위에서도 뿌리를 내린다
당신의 주름진 이마에서,
당신의 갈라진 손등에서도 뿌리를 내린 풀씨는
지금 절망을 노래하는
한 가난한 무정부주의자 머릿속에도
핏줄을 내린다

풀씨 품은 가슴들이 서로 부둥켜안는다
연대의 시작이다
반란이 몸짓이다.

저 길모퉁이 돌아서고 싶지 않네

길모퉁이 돌아서면 개펄을 버리고 바위틈으로 숨어든 농게처럼 옆걸음질을 쳐야 들어설 수 있는 작은 쪽문이 있었네 술 취한 아버지들에게는 대문이었을 그 문은 문짝도 없이 닫혀 있었네

갑각류 후손들이 문지방이 패이도록 드나들면서도 한 번쯤 휜 허리를 세우거나 꺾인 무릎을 펴는 것마저 불허하던 그 문에는 이름 없는 문패만 서성거리고 있었네

유행가를 흥얼거리며 돌아오는 날에도 유리파편이 문장(紋章)처럼 박혀 있는 낮은 담벼락 아래 서면 잘려나간 손가락들이 하수구로 뛰어들었네 아무도 그 막다른 골목에 게들만의 구멍이 있는 줄 몰랐네

밀어내지 않아도 커다란 구멍으로 자리잡은
우리 시대 아버지들의 빈 자리
기어이 저 길모퉁이만은 돌아서지 않으려네

대들보에 걸린 괘종시계의 불알처럼
태엽만 돌려주면 좌우로 흔들리며
24시를 돌아가던 그 길모퉁이는.

전신주 날받이굿

산 번지 언덕 비스듬히 기울어진 통신주
지난밤에도 몇 가닥 남지 않은 머리채를 흔들어댔는지
이슬을 머금지 못하고 메말라 있었다
그가 뿌리째 뽑힐 거라는
소문이 배달되던 날부터
모난 공깃돌처럼 집들이 흩어진 마을에서는
밤마다 자욱하게 깔리던 비명도 더 이상 송전되지 않았다.

고목 하나가 꺾이던 날이면
골목 한귀퉁이에서
사람들의 귀가를 기다리던 가로등 불빛이
어둠 속으로 허물어졌고
아침이 신도시를 지나
밤새 사라져버린 번지수를 찾아오는 사이
젖은 세간을 짊어진 용달차는
먼지바람을 일으키며 어디로인가 사라져 갔다

사내는 맨발로 마지막 고목을 타고 올라
전선 위에서 춤을 추기 시작했다
춤사위가 거칠어질 때마다
불꽃이 전율하며 튀어 올랐다

고목이 넘어가던 날,
고압주의라는 붉은 글씨가 새겨진
변전통만이 쓰러진 고목을 끌어안고 있었다.

전원생활

창문을 열고 마을이 내려다보이는 마당으로 나간다 푸르른 들녘 너머로 별빛 바다가 고요하다 대문에 매달려 있는 우편함에는 서른네 통의 편지들이 끼룩거리고 있다 발신자가 생소한 것들과 공과금 고지서는 폐지 수집함에 넣어두고, 아침형 인간이 되기 위해 정기구독하게 된 편지만 뜯어보고는 산책을 시작한다

내가 잠든 지난 낮에는 무슨 일이 있었는지 따끈하게 부풀려진, 그러나 언제나 입맛이 당기지 않는 풀빵들이 진열된 가판대를 스쳐가고 무료 쿠폰을 파는 상가들이 밀집해 있는 거리를 지나 성인전용 놀이기구만 가득한 놀이터 앞에서 성인인증을 망설이다 그저그런 이유로 단골이 된 책방으로 들어간다 책방에는 명함 내밀기 좋아하는 사내들이 모여 시는 죽었다느니, 아픈 과거는 빨리 잊어야 한다느니 자조 섞인 입씨름을 하거나, 예쁜 옷을 입은 아바타가 들어오기라도 하면 먼지 자욱한 철학서들의 표지 문구를 곁눈질하며 진리와 영혼과 도덕과 자유를 호명한다

수천 페이지에 달하는 오늘 자 신간목록을 뒤적거리던 나는 배가 고파 책방을 나온다

그 사이 아침이 몰려오고 있는지 눈이 따갑다 걸어온 길 로그아웃하지 않고 단번에 전원(電源)을 끈다 사각의 검은 바다에서 빠져나오는 나의 손가락들 환몽 속에서 꿈틀대며 아직 로그인 중이다.

좀도둑에 관한 고찰

대도(大盜) 조세형이 다시 감옥으로 돌아갔다
의적의 반열에 오를 뻔한 그는
운이 나쁘게도 늙은 좀도둑 인생을 훔치고 말았다
수갑을 찬 그는 노숙자에게 누명을 씌웠다
–나는 노숙자 000이라 하오
노숙자가 된 조세형은 대도였고, 성자였지만
끝내 좀도둑이라는 건 인정할 수 없었나 보다

오오, 놀라워라, 좀도둑이라는 개끝발 인생

안 잡히면 성공한 사업가요, 정치가가 되고
잡히면 한순간에 도둑이요, 사기꾼이 되는 세상이다
아뿔싸, 이 세상을 다 훔치고도 잡히지 않는 자,
도둑질을 하고도 도둑이 되지 못하는 자가 있으니
바로 시인이라는 좀도둑이 아닌가
어제 비극의 주인공이었던 시인은 오늘은
거리의 행상이 되어 낙엽 같은 처지를 슬퍼하고
꽃이 되어 나비를 유혹하다 어느새 나비가 되어
꽃을 찾아다니는 신묘한 도술을 부리기도 한다
타인의 무덤 속을 헤집어 영혼을 훔쳐내고
훔치다 훔치다 제 삶마저 훔치고야 마는,
그렇게 훔쳐 모은 삶으로도 좀도둑을 벗어나지 못하는
시인은 오늘도 맨손으로 담을 넘는다
물방울 다아이몬드를 훔친 조세형 시인을 꿈꾸며.

중랑천에서

저 강은 제자리인데
까맣게 잊혀졌던 기억들만
산란기의 물고기떼처럼
거슬러 올라오네.

강섶의 들꽃들은 어디서 날아와
잠시 머물다 가는지
강물에 얼굴을 드리우던 불빛이
바람에 일렁일 때마다
수줍은 소녀처럼 뒤돌아서네.

내 기억 속의 강에서
흰 구름 속으로 가라앉는 달빛이여,
다시 돌아오는 날에도
물안개 걷히면 저 강은 그대로인데
흘러가는 것은
강물에 비친 내 마음뿐이라네.

천국으로 난 계단

고지대 회색 계단 위의 집들은 우편함을 잃어버렸어요 들녘의 묵어버린 땅처럼 경계가 없는 그 골목에서는 아무도 제비를 기다리지 않아요 제비는 그리운 사람들의 추억을 담은 편지 대신 자동납부를 계도하는 고지서만 물고 오지요 번지 없는 사람들은 자신들의 존재가 영원히 개봉되지 않을 것처럼 새빨간 삐라들을 통째로 쓰레기통에 버려요 순간 누군가 불을 질러요 사람들은 연기에 콜록거리면서도 불을 끄지 않아요 오늘도 은신처를 찾는 사람들이 연골이 닳아버린 계단을 타고 오르고 있어요, 아아 무릎이 아파요, 희망을 쫓지 않고 살 수 있다는 희망으로 날마다 계단을 올라요.

탁란托卵

새로운 알을 낳고 싶었다 둥지를 트는 방법을 몰랐던 사내는 어느 잡부가 얽어놓은 시간을 빌리기로 했다 비좁고 허름한 잡부의 둥지에서는 비린내가 났지만 둥지 안에는 거칠고 단단한 알들이 부화를 기다리며 조용히 잠들어 있었다 사내는 그 알들을 하나씩 둥지 밖으로 밀어내고 은유로 위장한 알을 낳기 시작했다 언뜻 사내의 알들은 둥지를 빼앗긴 잡부의 알보다 고달파 보였다 알을 품은 사내가 잡부의 울음을 흉내 내자 지나가던 사람들은 사내의 울음을 따라 슬피 울었다 아무도 사내가 기생의 언어를 품고 있는 가짜 잡부라는 사실을 의심하지 않았다

어두운 한 시절, 비바람이 둥지를 휩쓸고 갔다 그 때까지 사내의 알들은 부화하지 않았다 사내는 자신의 부리로 알들을 쪼기 시작했다 하지만 사내의 알들은 이미 심장을 잃어버리고 껍질만 남아 있었다

둥지를 떠나는 사내의 등 뒤에서
어린 휘파람새가 날개를 파닥거렸다
둥지를 잃어버린 잡부의 새끼들이었다.

틈

침입자가 있다 문이 열린 흔적은 없다 그 문을 열어본 적도 없다 문은 없다? 서랍 속의 기록들에서 날짜가 파기된 기억들이 발견되었다 낯선 발자국이 있다 백골처럼 안치되었던 기억의 갈피들이 예리하게 곤두선다 다른 서랍을 연다 덫에 걸린 침입자의 주검이 있다 왜? 지나간 시간에는 틈이 없다

모니터를 켠다
각설탕을 입에 문 커서
신경을 깜박인다
문서들, 자모 틈 사이에서
신음이 흘러나온다.

한울타리꽃

나비야 봄-나비야, 그 꽃은 어디에서 피어나니
두메를 돌아보아도
강과 바다를 헤아려 봐도
꽃잎 하나 눈길 주지 않는데
사람들은 왜
북쪽에서 흘러온
그 꽃이 반갑다 노래 부르나

들녘으로 소풍 간 사람들
꽃씨 나누다 어디론가 사라졌는데
나비야, 그 꽃은
전설 같은 꽃씨만 있나 봐

나비야 겨울나비야, 그 꽃은 어떻게 생겼니
그림책을 찾아보아도
식물원 꽃 이름을 다 외워도
꼭꼭 숨어 난 술래만 하는데
아빠는 왜
북쪽에서 날아온
그 꽃이 그립다 눈물 흘리나

집 앞 화단에 꽃씨 심던 아빠는
두 손 묶여 끌려갔는데
나비야, 그 꽃은
거짓말처럼 꽃씨만 있나 봐.